KB148928

반도여 안녕 유로파

울력의 詩 04

# 반도여 안녕 유로파

**박설호** 지음

울력

ⓒ 박설호, 2024

# 반도여 안녕 유로파

지은이 | 박설호
펴낸이 | 강동호
펴낸곳 | 도서출판 울력
1판 1쇄 | 2024년 4월 25일
등록번호 | 제25100-2002-000004호(2002. 12. 03)
주소 | 08275 서울시 구로구 개봉로23가길 111. 108-402
전화 | 02-2614-4054
팩스 | 0502-500-4055
E-mail | ulyuck@naver.com
가격 | 10,000원

ISBN | 979-11-85136-74-5  03810

· 잘못된 책은 바꾸어 드립니다.
· 지은이와 협의하여 인지는 생략합니다.
· 저작권법에 의해 보호 받는 저작물이므로 무단 전재나 복제를 금합니다.

# 시집을 펴내면서

멀어질수록 그리움은 더욱 커지는 법일까. 해외에 거주하는 한인들의 나라 사랑은 애틋하고 절실하다. 시편들은 대부분 1980년대 유럽에서 탄생했는데, 40년 동안 어디에도 발표된 바 없다. 다시 꺼내 읽으니, 타국에서 방황하던 젊은 나의 모습이 안쓰럽게 다가온다.

빛은 바깥에서 바라볼 때 명료하게 인지된다. 그러니 망명객의 시각 또한 나름대로 의미 있으리라.

# 차례

3

1

# 반도여 안녕 1

비행기 타고 반도
내려다보면 그제야
깨닫게 되리라 소나무
숲과 눈물 가득한 무등산
넓은 강이 보이고
한 많은 철조망이
멀어지는 것을

파농처럼 주먹으로*
가슴 치며 끌려간
친구 소식에 찢어버린
일기장 이런 어리석은 놈
비행기 뜰 때까지
조심하지 말고 마냥
자학이나 해라

십 년 후에 나는
평화주의자가 되어

귀국 길에 올랐다

지가 묵자(墨子)라도 되나

아쉬운 눈물 몇 방울

맺혀 있는 망명객

슬프지 않는데


비행기에서 강산

내려다보면 시간은

거꾸로 흐르고 소나무

숲과 눈물 말라가는 무등산

넓은 강이 보이고

다시 그 철조망들이

눈에 들어왔다**

* 프란츠 파농(1925-1961): 카리브해 출신의 프랑스 심리학자, 철학
자. 신식민주의를 비판하였다.

** "저 밝게 빛나는 하늘에 올랐다가/갑자기 과거의 나라를 내려다보노
라(陟陞皇之赫戱兮/忽臨睨夫旧鄕)"(굴원의 시 「이소(離騷)」의 한 구절)

# 반도여 안녕 2

한반도 또한
미 중 양국의 장기판
너와 나 흰옷들
마지못해
병과 졸
전사 후 알았지
등 뒤의 명령자
우리의 적이었음을*

다른 희망이여
오 새로운 삶이여
그대 있음에
너와 나 흰옷들의
분단 70년의
고통은 다만 순간적
그리 믿고 살았지
후세인들이여

* 베르톨트 브레히트의 시 「행군할 때가 되면 그들은 알지 못한다
(Wenn es zum Marschieren kommt, wissen sie nicht)」에서 인용.

# 반도여 안녕 3

"옛날 같으면 북간도라도 갔지"(신동엽)

김형 우리 만일
일제 강점기에 태어났다면
그냥 한반도에
발붙이고 있을까
차라리 압록강
건너갔겠지

어머님 눈물로 싸주신
엽전 주먹밥 육혈포 하나
하늘 향해
단 한 번 가슴 치고
하얀 입김으로
만주 벌판 얼음 녹이며
노여움의 고삐 달리는
천리마 되었겠지

김형 치우 왕처럼

탁록대전을 갈구했지만*

북쪽 두꺼운 장벽

삼면 막막한 바다

우리는 두더지도 물개도

아니었다고 아직은

*탁록대전: 기원전 2700년 무렵에 배달국의 왕 치우천왕은 북경 일
대에서 10년 동안 한족과 73회의 치열한 전투를 벌였다.

# 반도여 안녕 4

로마의 아우렐리우스는 보헤미아 지방의 마르코를 점령하려 했을 때, 사자를 이용하였다. 힘이 센 마르코 사람들은 평생 한 번도 기이한 맹수를 본 적이 없었다. 그들 나라는 혼신으로 "로마 산 털북숭이"들과 피 흘리며 싸우다 몰락하였다.


천하무적 역도산이
어떻게 죽었는지 아니
칼을 들고 덤비는
골목 불량배에게 넓은
배 내밀면서 그는 "어디
마음대로 찔러라." 하고
일갈하였어 칼침에
그가 목숨 잃었다면
그건 오산이야 부상 후
그는 치료받을 수 없었어
단단한 근육 사이로
주사 바늘 꽂히지 않아
쇠 독 번지고 말았지*

"한 나라에 무기가

많이 비축되면

그럴수록 안전하다."고

믿는 너희 도시인들이여

"충청도 어느 마을에

제주도 모슬포에

핵무기 설치되면

그럴수록 든든하다."고

믿는 너희 시골사람들이여

일손 멈춘 채

단 오 분이라도

역도산을 생각하라

그가 어떻게 죽었는지

* 위대한 프로 레슬러, 역도산(김신락, 1924-1963)의 사망 원인은 아
  직도 정확하게 밝혀진 바 없다.

# 그라핑에서 전나무가 말을 걸다*

넓은 집에 머무르니
어찌 다시 방 구하랴**

무얼 찾아 지구 반 바퀴 돌아 이곳으로 왔니 성년에 뒤늦게 찾아온 서러움을 모조리 씻어 봐 수도꼭지 틀면 우유처럼 뿌연 석회 물 흐르는데 이제 알겠지 너 자신 끈 떨어진 연생이라는 것을 거울 앞에서 슬픈 표정 짓지 마 잔인한 4월에 이곳에는 진눈개비 내리지 꽃샘잎샘은 눈포단 속에서 아직 겨울잠 자고 있어 낯선 바람은 너를 춥게 만들 뿐이야 주위에는 동무 하나 없고 음식도 입에 맞지 않지 빵 조각 조금씩 군입정하며 외로움을 견뎌봐 그래도 혼란스러우면 나를 찾아 와 항상 푸릇푸릇한 피톤치드를 너에게 팍팍 안겨줄게 무얼 피해 알래스카와 북극을 지나서 이곳으로 왔니

버팀목 없는 내 몸통
뿌리마저 뽑힐까

*그라핑: 뮌헨 근교의 소도시
**윤선도의 한시「次韻寄謝國卿」에서 인용함. "居廣何須更卜居."

# 자주달개비꽃

빛이여 누구신지 모른 채 당신을 기다렸어요 나의 사랑
만큼은 아니라도 좋으니 제발 떠난다고 말하지 마세요 하
기야 나는 처음부터 미운 존재도 고결한 존재도 아니었
어요 명멸하는 빛 당신이 오시면 반갑게 맞이하고 가시면
푸른 멍 지우고 보내드렸지요

빛이여 당신 있으매 내가 있었고 당신 없으매 나는 잠
시도 머무르고 싶지 않았어요 젊음은 나의 설레는 기억
속에 늙음은 나의 두려운 기다림 속에 있었어요 사랑하는
마음이 푸른 얼굴을 하얗게 변하게 했어요 당신은 나를
이승의 물통 속에서 허우적거리게 했지요

　그래 나는 흐르는 물방울
　당신의 무심하고 처절한 냉정을 적시면서
　낮은 곳으로 흐를 뿐

빛이여 흙과 물과 공기처럼 당신도 나의 생명의 은인 언
제나 당신과 만난 흔적들을 기억할게요 그리움과 행복 그

리고 아쉬움의 뒤엉킴이여 새로 태어나기 전에 잠시 머무는 곳 방향성 청색광의 여울목에서 잠시 자주색 자궁으로 머무를 수 있었어요

# 대성동 자유의 마을*

북미회담이 결렬될 무렵
남한의 통일부 장관이
파주의 비무장지대 마을을
방문했을 때 기자들의
출입은 제지당했다

출입 거부의 이유는
미군의 말에 의하면 오로지
주민들이 불편을 느끼기
때문이란다 지나가던
소가 배시시 웃는다**

차라리 주한 미군이
이곳 세입자를 몰아낸 뒤
미국 시민들을 이곳에 데려와
영주하게 하는 게 더욱
자연스럽지 않을까

* 파주시 군내면 비무장지대에 있는 마을을 가리킨다.
** 이제훈: 미국은 남북철도 도로 연결사업에 왜 비협조적일까, 한겨레, 2022일 7월 12일자 기사에서 인용함.

# 양귀비

아프간의 대포 언덕 양귀비*가 피었지

나의 넓은 꽃잎 속으로 자맥질하세요 어떠한 사랑의
즙액도 밖으로 튀지 않을 거예요 조용히 암술 위로 올라
와서 숨을 들이쉬세요 그러면 나는 허영의 옷을 벗은 당
신을 알몸으로 맞이할게요 붉은 액체는 내 몸속에서 끝
없이 품어 나오고 있어요 사랑의 묘약을 마시고 몸속의
아픔 일시적으로 가시게 하세요 그러면 당신은 시간이
드리운 오랜 구속을 떨치고 망각의 어두운 도취 속에서
붉은 텐트 속의 세계를 두려움 없이 만끽할 거예요 그런
데

홀딱한 망각 속에는 가슴 저린 가난이

---

\* 양귀비는 마약, 진통제 등으로 활용된다. 양귀비 재배는 인도에서
는 합법적이지만, 아프가니스탄에서는 불법이다.

## 프린에서*

산정에서 흘러나오는
살여울이고 싶다
"나의 물길은 숨 막힐 듯 퇴적층
절리 사이로 흘러왔지요."
그렇지만 당신이 잠시
숭어 한 마리라면
넘실거리는 물낯 바라보며
함께 헤엄치겠지

호수를 끼고 있는
전나무 숲이고 싶다
"대서양의 눈물인 가랑비 맞으며
몸 털며 추위 견뎠지요."
그렇지만 당신이 잠시
지빠귀라면
나의 등걸 위에서 함께
애창할 테지

오두막을 껴안은
작은 구릉이고 싶다
"극동의 비극에 쓰라린 미소 지으며
어두운 밤길 걸어 왔지요."
그렇지만 그대가 잠시
아이비라면
부드러운 팔로 칭칭
내 몸 그러안겠지

바이에른 계곡 아래
오두막이고 싶다
"눈비 맞고 피해 다니던 이방인은
처마 아래 잠시 눈 붙였지요."
그렇지만 당신이 잠시
화덕이라면
열기 앞에서 부지깽이 하나
보듬어주겠지

가랑비 뿌리는 4월의
구름이고 싶다
"그대와 만나기 전 나는 고향의
반골(反骨)이라 했어요."
그렇지만 당신이
황혼의 빛이라면
창백한 내 뺨의 볕바른
열정 비춰주겠지

* 프린: 알프스의 끝자락에 있는 독일 남부의 소도시. 그곳에는 두
  개의 호도(湖島)가 있다.

# 동충하초

"한반도는 재미있는 지옥이고, 유럽은 지루한 천국이다."*

나를 붙잡지 마세요 갈라진 반도를 잠시 떠나게 해 주세요 정이 깊은 곤충들과 한 집에서 생활하면 서로 상처를 가하니까요 이곳에서는 마닐마닐한 섭생 그리고 힘센 자의 핏대가 언제나 문제지요 복잡하고 먼지 풀풀 날리는 따뜻한 웅성거림을 떠나 겨울의 천국으로 떠나고 싶어요

다가오지 마세요 이곳 체르노빌 빨리 벗어나게 해 주세요 내 곁에는 뜨거운 심장 안겨줄 곤충 한 마리 없어요 뭉근함을 나눌 개 두 마리도 없어요 수분은 넉넉하나 탁한 공기와 썩지 않는 물이 항상 걱정이지요 함박눈 눈부신 적막함을 떠나 여름의 유황빛 지옥으로 떠나고 싶어요

* 어수갑의 『베를린에서』(휴머니스트 2004)에서 인용.

## 釜山 그미와의 오랜 이별의 서러움과 순간적 재회의 허망함을 노래한 담시 2

1.

아 뭍이여 당신의 살갗이여 삼층 바위 비너스의 해안이여 아 빛나는 살결 드러낸 당신의 어깨여 갈매기섬의 떨고 있는 성게 아 그대의 가시털이여 못 이룬 사랑의 파도를 감싸 안는 방파제 아 그대의 내밀한 가슴 끈이여

그대를 앗아간 것은 화살보다 빠른 마하의 시간 달콤한 수족관 속에 살던 돌고래 나는 인간이 천국을 꿈꾸듯 쥐가 인간 세계를 상상하듯 사랑과 희망 머금은 벙어리의 지느러미 일시적인 시간의 끝에 남은 그림자 섬 유년

2.

오랜 이별은

서럽지만

기억 속에서

목 타는 갈망으로

남아 있고

순간적 재회
허망하나
기억 속에서
단 한 번 흑백사진
바래지고

# 동물학자 하인츠에게*

1981년 오월 어느 날
시침을 한 시간 앞당기면서**
우연히 여기에 있어
운터파펜호펜-게르메링***
60년 이전에 살았더라면
아마 나는 이곳에서 히틀러의
콧수염 보았겠지

친애하는 하인츠
자네 눈에는 난 까만
머리카락 누런 안경 걸친
향수 젖은 판다로 비쳤겠지
고층아파트에서 내려다 본
판다 번지 잘못 짚었어
반달곰이야 나는

무엇이 낯선 뮌헨에서
힘들게 살게 하니

설마 오고 싶어 왔겠니
쌀밥과 김치 즐기며
편하게 살지 왜 왔니 질리는
돼지고기 입안으로 쑤셔 넣는
반달곰이 무얼 찾을까

친애하는 하인츠
장난삼아 개구리 죽이는
두발짐승들이 가증스러워
거대한 티베트 고원으로
훌쩍 떠나간 곰이야 자넨
단미 그느른 다음에
몇 년 후에 귀국했지

한데 아직도 모르지
고향 떠난 날탕이 타국에서
어찌 섭생을 즐기는지
참한 다소니를 사귀었는지

누가 티베트를 감옥으로 만들고

어느 날도둑들이 휴전선

장막을 드리웠는지

* 하인츠 틴(Heinz Thien, 1945-2007)은 독일의 동물학자이자 만화가
  이다.
** 독일에는 4월 초부터 9월 말까지 여름 시간을 도입한다. 4월 1일
   에 사람들은 한 시간 앞당겨 시간을 맞춘다.
*** 뮌헨 근교의 소도시.

# 조팝꽃

멀리서 명멸하는
희미한 불꽃 하나
그리로 다가가
가만히 응시하니
구멍 난 신발과

해어진 의복 사이
빛나는 눈동자
노란 입술 향기
두근대는 가슴 아
나의 귀한 당신

# 사랑의 요가
생태공동체 ZEGG에서*


살며시 눈 감아보세요
어둠 속에서 옷 벗고 누우세요
주위는 깜깜해요 여기에 당신은 존재하지 않아요
팔 다리에 힘을 빼세요


반 눈을 떠 보세요
어둠 속에서 모든 생각 내려놓으세요
아무 소리 들리지 않아요 우리는 한 몸이지요
호흡과 맥박 느껴보세요


졸음에서 벗어나세요
카루네쉬 음악을 들려드릴게요**
바깥의 걱정과 부담스러움 온새미로 잊으세요
일어나 사지를 펴세요


다시 눈 감아보세요
살갗에 알로에 기름 발라볼게요

미끌미끌 내 몸을 타인의 것처럼 만져보세요

바닐라 향을 즐겨보세요

---

* ZEGG은 베를린 근교에 있는 생태 공동체이다. 이곳에서는 모든
재화가 공동으로 분배된다. 가족이라는 개념은 없고, 성인 남녀들
은 자물쇠 없는 방에서 각자 거주한다. 교육 프로그램 가운데에는
불감증 치료를 위한 「사랑의 요가」가 있다.
** 카루네쉬(Karunesh): 독일의 음악가. 본명은 브루노 로이터이다.
인도 등지를 방문하여 명상 음악을 작곡 발표하였다.

# 빗나간 생각

오대산의 반달곰 수컷도
혀를 내두를 무거운 목봉
들어 올렸던 칠 천 이 백 초
지쳐 쓰러진 훈련생 한 명
가벼워진 M1 개머리판으로
죄 없는 목봉을 두들겨 팼다
그를 괴롭혔다고

이렇듯 고통은
생명들로 하여금
바른 생각
지나치게 만들고

4·19 당시 미국무성에서
즉시 파견된 기자에게 물었다
맥아더 동상 온전한가 하고
파괴된 건 그저 우남 공원의
동상뿐이라고 전했을 때

코 큰 누구는 안심한 듯 말했다
그럼 다행이라고

# 상처 입은 장비로구나

가랑비 무시로 내리다 등에 아기 업은 채 삼지창을 높이 들고 이자 강을 터벅터벅 건너다 뒤에는 아내가 옷고름 풀어헤친 채 병아리 걸음으로 올망졸망 걷다 앞에는 백인 무사들 낯설게 보이는 우리에게 독침 날리다 행여나 갓 태어난 아들이 다칠까 두 팔 허우적거리며 방어하지만 비틀거리며 미소 흘리는 아내가 다치면 어이 할꼬

영국 공원 그늘 아래 잠시 휴식 취하며 공자의 쪽지를 꺼내어 정독하다 "안회야, 네가 자랑스럽구나. 하찮은 음식, 더러운 골목에 살지만, 너는 배움에 항상 행복해하는구나."* 불현듯 안회가 꿈에 나타나 나를 꾸짖다 어리석은 짓거리 답습하지 말라고 이제 절반 달려왔는데 노잣돈과 식솔들이 앞길을 가로막는구나

당장 되돌아갈 수 없지만 그렇다고 이대로 눈안개 가득 피어 있는 토이토부르크의 불청객으로 주저앉을 수 없지 않은가 가꾼 사과나무는 하나도 없고 나의 내공은 초보자 수준인데 상처 치료와 밥벌이로 허송하는 게 안타깝기

만 하다 낯선 이국땅 아몬드 눈알을 뒤집어쓴 채 벌렁 나
자빠져 있는 꼬락서니 영락없이 상처 입은 장비로구나

* 공자가 안회에게 전하는 말: "어질도다. 회여. 한 대그릇의 밥과 한
표주박의 물로 누항에 있으면 사람들이 그 시름을 감내하지 못하
거늘 안회는 그 즐거움을 바꾸지 아니하니 어질도다(子曰 賢哉 回也
一簞食 一瓢飮 在陋巷 人不堪其憂 回也 不改其樂 賢哉 回也)." (論.雍也九)

2

# 베드란 스마일로비치
윤봉길 선생님을 생각하며

일천구백구십이년 어느
봄날 그는 총탄이 빗발치는
사라예보 거리의 한복판에서
22일간 첼로를 연주했어요

그의 아리아는 발포를
잠시 멈추게 하고 죄 없이
살해당한 22인들의 목숨을
오래 기억하게 했지요

그건 하나의 제스처일 뿐
용기가 아니라네요 연주만으로
살육을 멈추게 할 수 있다면
모두 무기를 놓았겠지요

세계화의 전쟁 끝내려고
단 한 번의 테러로 명예롭게
살고 싶지만 살상해야 할 대상은
아쉽게도 돈다발이네요

# 나의 모국어는

나의 모국어는
잘못된 기상청 날씨 예보
낯선 높새바람

비밀 연애 즐기는
자음과 모음 아무도 몰라
그 애틋한 포옹

현지인이 들어도
해독하지도 감지하지도
못하는 암구호

"파그룬트아프덴폴리티스커
지투아치온엑바뇌트틸아트포를라데,
쥐트코레아에너벡프라히메트"*

나의 모국어는
망각의 늪에서 솟구치는

코끼리들 대화

이곳 사람들은
메아리 없는 저주파 음성
감지하지 못해

소통은 몸짓으로
가능하니까 언어가 바로
망명객의 감옥

* "På grund af den politiske situation, jeg var nødt til at forlade
  sydkoreanerne væk fra hjemmet" (덴마크어) — "정치적 상황 때
  문에 남한 남자인 나는 집을 떠났어요."

# 반도여

밖에서는
한반도가
초라한 토끼처럼
비치고

"맹점이야, 맹점.
너희는 바라보지 못해.
새벽빛 가리는 고조선 이전
환국의 곰이야. 웅녀의
찬란한 그림자."

안에서는
한반도가
일어서는 범으로
보이고

# 반도여 너와

공부가 밥줄인 듯
술 담배를 끊고
남의 책 동초서초(東抄西抄)하며
보내는 서러운 시간들
어느새 알렉산드르 솔제니친처럼
일일이식주의자가 된 나는
도둑의 설렘으로
직업소개소를 기웃거리고
괜히 태어났다며
머나먼 땅 이곳까지 와서
공부만 하는 게
부끄럽다며 세상에
무임승차한 죄의식 떨치려고
"뮌헨의 자유" 역에서*
며칠 후에 탄생할
내 아기 생각한다


*"뮌헨의 자유"는 뮌헨의 지하철 역 이름이다.

## 반도여 너와 헤어진


그미가 몰래 가져온
영국산 우족과 에스파냐 사과
뱃속에서 조심스레 마지막 날을
기다린다 무슨 별을 또 달려고
몸통이여 미안하다

# 반도여 너와 헤어진 나는

뮌헨의 재벌 투른 운트 탁시스(Thurn und Taxis)의 네 번째 마누라는 "가장 아끼는 게 무엇인가?" 하는 질문에 "다이아몬드"라고 답했다

일순 개탄스러웠다

그미의 남편은 탄자니아와 토고에서 목화를 수입하여 아프리카 일꾼들에게 질감 좋은 청바지를 되팔아 떼돈 벌었다 흑인들의 피가 채 마르지 않은 다이아몬드 그러나 보석 자체가 넬슨 만델라(Nelson Mandela)의 감옥살이에 직접적인 책임은 없다

그들에 대한 자닝한 마음 어떻게 달랠까

아니면 나 혼자 모든 걸 차지하는 게 부끄럽지 않을까 잠 못 이루면서

젠장 재벌 되기는 글렀다

# 반도여 너와 헤어진 나는 유로파와

살았지 한데
갇혔지 부탁이니
흙탕물 속 누런 돼지
고향으로 돌아가게 해다오
이젠 데리고 놀지 마
숨어서 사랑하는
나의 칼립소

# 반도여 너와 헤어진 나는 유로파와 열애 중

4월에 내리는 습설
대서양 진눈깨비 임산부의
얼굴 적시고 미혼모로
늙어갈 그 여자 유로파\*
지중해를 바라보는 그미의
얼굴 속 슬픈 외로움은
눈물과 하나가 된다

　시간이 오 남정네들이여 시간이 당신들을 흑인과 셈족의 침투에 끝없이 당하게 했지요 당신들을 끼리끼리 도당만들게 한 것은 무엇인가요 시간이 당신들을 아우르지 못하게 하였고 결국 개인과 개인으로 고립하게 하였지요 당신들을 총과 칼로 역사 쓰게 한 것은 무엇이었지요 향수는 귀환의 고통 내가 떠나면 아프리카의 흑인들이 목숨을 걸고 람페두사 섬으로 향할 테지요\*\*

　유로파 지구 반대편으로
　그대를 찾은 나는 동양의

누런 돼지 기이한 사랑이
그대의 눈물 닦아주게 했지
망각의 보금자리에서 그저
무심하게 허송하는 얼뜨기
나는 거울 속 사티로스

* 신화에 의하면 유로파는 페니키아의 딸인데, 제우스에게 겁탈당
  한 뒤에 크레타 섬에서 미노스 왕을 낳는다. 이로써 유럽의 역사
  는 미녀에 대한 남성적 폭력 행위로 상징화되고 있다.
** 람페두사 섬에는 지금도 수많은 흑인들이 유럽 이주를 꿈꾸면서
  승선을 기다리고 있다. 이탈리아 정부는 아프리카 흑인들의 월경
  (越境)을 막기 위하여, 거대한 장벽을 설치해 두었다.

# 붉은 팔레트 속의 광주

TV 속에서 기어 나왔지요
정신 나간 화가가 임산부의 배에 그려놓은
붉은 색깔의 아기가

점아 점아 콩점아*
떡 사줄게 나온나

부끄러워 얼굴 가렸어요
아 배 밖으로 튀어나온 아기 얼굴 팔레트
바깥으로 금남로가 보였지요

점아 점아 콩점아
밥 사줄게 나온나

황혼이 나에게 빵 한 덩어리
건넸지요 성탄절 달력에는 나의 빵 위에
뿌려진 하얀 눈가루가

점아 점아 콩점아
꽃 사줄게 나온나

백육십팔 시간이 기름에 녹아
화폭에 슬픈 경악 남겼을까요 그림 속으로
자맥질해 생명 구하고 싶었어요

* 김명곤의 「점아점아 콩점아」에 등장하는 한 구절은 이달희 시인의
  시, 「점치는 아이」에서 인용한 것이다.

# 기젤라 만나다

어느 나라에서
오셨어요

어두움이 섞여
연파랑 눈이 내리는
뮌헨의 사월
어린이 놀이터
기젤라 너는
나에게 말 걸었다

같은 나라네요
저도 그래요

노랗다고 하는 피부
까만 단발머리
가느다란 실눈 위엔
다래끼 하나
소녀답지 않게
너는 독일어로
애잔히 말했다

세 살 때 왔어요
홀트를 통해서요*

그래 기젤라
너는 모르리라
대구의 어느 여공(女工)
피눈물 흘리며
남의 눈을 피해
핏덩이 버리고
달아나야 했음을

　　　　　　내 나라로
　　　　돌아가고 싶어요

기젤라 나의 딸
21세기가 되면
비둘기처럼 날아가리
피를 못 속이는
우리의 만남
십 분간 외국에서

* 통계에 따르면, 홀트 아동복지재단은 1955년부터 2021년까지 16만
9,454명을 해외로 입양 보냈다. 1953년 6.25 종전 이후 해외로 입양
된 전쟁고아들의 비공식적 통계까지 포함하면 20만 명이 넘는다.

# 기젤라 떠나다

안녕하세요 무얼
도와드릴까요

6년 후 다시 찾은
북독의 도시 5월
나의 코 찌르는
꽃가루와 납 가루
더위 먹은 온실
어느 서점 이녁은
나에게 말 걸었다

책을 구입하려면
주문해야 해요

까만 머리칼에
새카만 편도 눈동자
환한 웃음 속에 담긴
동양인 특유의
이유 없는 겸손함
이녁은 독일어로
조용히 물었다

혹시 남한에서
오셨나요

기젤라였을까
아무럼 어때 어느새
세월이 흘러 나는
금연을 의식하는 중년
길가의 튤립은
그미의 입술처럼
무시로 붉었다

내 고향은 뮌헨
그곳에서 자랐어요

이번 여름휴가에
시베리아로 여행하려면
기젤라 최소한
잊지는 마라
더 이상 은폐되지 않은
엄마의 눈물처럼
녹아내릴 빙하를

## 바쿠닌*

1863년 봄
백인 처녀 유로파와
포옹하다
제발 멋진 아들 낳아다오
위대한 슬픔이
무심한 유로파 주위에서
안개로 꽃 피다

알래스카 거쳐
지구 반 바퀴 돌아
왜 이곳까지 왔니
분단 미움 싸움의
고리를 끊으려고
그건 변명이야

1876년 여름
살찐 유부녀 유로파와
작별하다
저주의 미노타우루스 사라져라
금지된 장난으로 태어난

철의 장막에
미련 버리다

---

\* 미하일 바쿠닌(1814-1876): 러시아의 무정부주의자. 그가 시베리아
  를 탈출한 뒤 지구 반 바퀴를 돌아 유럽으로 돌아간 때는 1861년
  이었다.

# 다시 바쿠닌

기특하게도 학문으로
세상을 구원하려 하다니
자네도 나처럼 거부당한 식객
자청해서 지구 반을 돌아
서방으로 왔는가
서유럽의 개나 소는 자네가
무얼 위해서 살아가는지
아무런 관심이 없어
그저 높새바람으로 인한
편두통 걱정만 하지
자네를 맞이해주는 건 오직
눈밭과 전나무 숲이야
그러니 망명의 삶에서
눈보라 나무들만 벗 삼게
저녁에 시간 남으면
TV에서 극동의 소식이나
접하게 빛고을 광주의
광경을 아 섬뜩한

그럼 자네는 깨달을 걸세
세상이 과연 어떤 식으로
구원되어야 하는지를

# 스파르타쿠스*

사람 위에 왕후장상
따로 없다 크라수스**
육천 명을 십자가로 쉬엄쉬엄 죽였지만
노예는 없다 트라키아
애통한 눈물 그치면

위안 없는 죽음이
지상에 남아 있고***
죽은 자를 껴안으며 울부짖는 생존자들
가슴을 찢는 아픔 또한
늘픔으로 변할까

아담이 밭을 갈고
이브가 베를 짤 때
하층민 귀한 족속 과연 따로 있었던가****
또 다른 여인이 다시
영웅 자식 낳으면

나의 저항 키워준 건

도파니 여성이야

우리의 피 "비아 아피아" 개울로 흐르지만

고향의 동지들 지금

무예 닦고 꿈꿀까

---

* 스파르타쿠스(?-BC. 71): 트라키아 출신의 노예, 검투사인 그는 무
　장봉기를 일으켜 로마 군대와 싸우다가 로마로 향하는 길, "비아
　아피아"에서 십자가에 못 박혔다.
** 쿠라수스(BC. 115-BC. 53) 로마의 정치가. 그는 6000명의 노예
　전사를 "로마로 향하는 길(Via Appia)"에서 십자가에 못 박아 처
　형했다.
*** 위안 없는 슬픔은 "피에타(Pieta)"와 관계되는데, 죽은 예수를 끌
　어안고 있는 성모 마리아의 모습에서 잘 나타나고 있다.
**** 1381년 혁명의 신학자, 존 볼(John Ball)은 다음과 같이 설교하
　였다. "아담이 밭을 갈고 이브가 베를 짤 때 누가 대체 고결한 인
　간이었던가?"

# 보덴 호수 위의 기사
## 프랑크푸르트 출국장에서

너무 자책하지 마세요
한 번쯤은 착각할 수 있어요
보덴 호수는 너무나 낯선 물바다*
여긴 그저 땅거죽이라고 오해했지요
당신의 임무가 너무 급박하여
타울거리며 살았지요

당신의 박차의 자극에
악도리처럼 정신없이 달렸지요
우리 외에 누가 이리 무모할까요
오직 공주님의 고수련과 행복을 위해
광활한 호수 위 마구 뛰었지요
빙판 그리고 물낯 아래

익사의 위험 몰랐기에
불가능을 가능하다 여겼지요
지난 아픔 애써 떠올리지 마세요
나쁜 과거라면 그냥 쓰라린 경험으로

좋은 과거라면 추억으로 여겨요
슬픈 망명을 지우세요

치임개질 그만 끝내고
떡갈나무와 전나무 가지의
하얀 상고대 잠깐 발 디디던
노래지빠귀를 잠깐 떠올려 보세요
그럼 당신의 잃어버린 시간
그리운 장면 되겠지요

<hr />

* 「기사 그리고 보덴 호수(Der Reiter und der Bodensee)」는 1826년
구스타프 슈밥(Gustav Schwab)의 담시로 알려져 있다. 기사는 보덴
호수를 평지로 착각하고 말을 타고 쏜살같이 달렸다. 자신이 말을
타고 호수를 건넜다는 사실을 나중에 깨닫게 된 기사는 커다란 충
격을 받고 즉사한다.

# 윤이상

내 다시 맡을 수 있으랴
통영여고 음악실에서
서툴게 바이올린 껴안던
보조개 그미의 하얀 블라우스
검은 치마 가까이서 숨죽이던
동백꽃 향기를

내 어찌 잊을 수 있으랴
비진도 숲속의 현호색
평생 함께 살자 하던
고백의 순간 봄의 두근거리던
욕망을 그림자로 가려주던
팔손이 나뭇잎을

내 온통 삭일 수 있으랴
통영 갓집 돌담 아래
조개구이 냄새 풍기던 저녁
처녀 귀신 그림자 학도병의

눈물처럼 물결 튕기던 파도
해외 유학의 꿈을

*3*

# 윤이상을 기리는

"이 땅에서 이성을 지닌 채 살아가는 인간에게는 두 가지 가능성만 존재할 뿐이지요. 예술가 아니면 범법자로." (Thomas Brasch)

꿈속에서도 온통
미다스의 실루엣뿐인가
1990년 브란덴부르크의 문 사이로 걸어 나오던
윤이상은 그저 낯선 이방인
얼싸안고 폭죽 터뜨리며 돼지꿈 꾸는 독일인들에게
그는 역사 속에 파묻힌 비련의 예술가 그림자
있어도 그만 없어도 그만
지폐 한 장 없으니

"나의 아침은 겨울 잠행이었어,
아무도 쓰라린 『나비의 꿈』 헤아릴 수 없다.
태양이여, 눈먼 세상 위로 출몰하면,
가난으로 죄지은 뽕나무에게 아마 망각 속에
갇힌 자에게 빛을 보내라."

1997년 베를린 빵 가게 앞에서
다시 만난 그의 흔적 입 속에서
느껴지는 까치밥나무 열매들이 마치 오디
낱알이라도 되는 듯 농부 빵이
나와 통방하려고 하네

# 윤이상을 기리는 누에 한 마리

먼 나라로 가면
굶주려 칼질당하는
배를 채울 수 있을까
개머리판에 가슴 맞고
끌려간 누이
하늘 아래 있으면
다시 만날 수 있다던
그 목소리
흐느끼던 소프라노
새기고 있어

어린 시절 불던
버들피리 독립군
군자금이라던 어머니의
반짇고리 속의 비녀
오선지에 그려본
오페라 「심청」 그건
이녘의 똥 바로

나를 위한 거름이야
뽕잎 갉아먹는 나는
잘 알고 있어

이녁이 전나무
눈밭 서성거리며
이승과 저승 용궁과
황궁을 들락거렸음을
어제는 한국 처녀의
효심을 알리던
오디 한 알이지만
내일은 찬란하게 만개할
뽕나무 내가 이젠
이녁의 누에

# 뮌헨을 떠나며

"나는 이제 너희를 떠난다./우리는 오랫동안 함께 지냈다." (Oskar Panizza)*

잘 있어 뮌헨이여
차갑게 보이는 높새바람
빙하기에도 침식하지 않을
삼각 집 겨울 내내 쌓인
눈이여 안녕

잘 있어 베네딕트
너무나 맑지기 때문에
믿음이 흐릿한 성당
구름에 가려 그림자 잃은
하늘이여 안녕

잘 있어 법(法)이여
죄 저지르면
돈으로 보상하면 그만
지폐 들고 파출소 옆에서 갈긴

소피여 안녕

잘 있어 너무 호듯한
푸른 눈의 노랑머리 여자여
그대는 겉만 눈부실 뿐
안아도 안아도 정(情)을 모르는
서러움이여 안녕

잘 있어 시간이여
언제 떠날 텐가 하고
다그치며 유예된 일 년을
비자 속에 가두어버리던
관청이여 안녕

잘 있어 나의 복마전
내가 설 땅은 어디인가
새내기 배움터 방 구하려고
수요일마다 뒤적거렸던
신문 광고여 안녕

잘 있어 언어여
내 검은 눈동자 까만
머리칼 나의 모국어
유색종 유색어라던 바이에른
사투리여 안녕

잘 있어 대학이여
꿈 많은 젊은이들을
학문으로 마비시키는
너무나 설멍한 절름발이
교수여 안녕

잘 있어 성(性)이여
태양이 그리운 영국 공원
부끄러운 윤리의 껍질 벗고
알몸 태워야 하는
속살이여 안녕

잘 있어 고독이여
흑인 꼬마에게 눈 흘기고
자기 개 쓰다듬던
네 칸 방에 홀로 사는
노파여 안녕

잘 있어 친구여
자유롭고 싶어
스스로 독방에 가두고
마리화나와 동성을 찾는
젊음이여 안녕

잘 있어 비닐봉지여
아직 강가하지 못한
제 짝 기다리는 떨이여
아무래도 썩지 않는 자닝한
쓰레기여 안녕

잘 있어 제1세계여

굶주리고 갇히고 병들어
목마른 흑귀자들
망각보다 더 두려운 그대의
무관심이여 안녕

아 뮌헨 볼수록
사랑스러운 나의 단미여
언제나 외면해야 했어
뭉개진 나의 콧대 지켜내려고
사랑하는 도시여 안녕

* 오스카 파니차(1853-1921): 독일의 정신과ㅈ 의사, 작가. 그는 교
  회와 국가를 비판하는 작품을 발표하여 바이에른에서 투옥되었는
  데, 스위스에서도 추방당했다.

# 다시 만난 뮌헨
알브레히트 후베씨에게


구름 사이로 하반신
드러낸 물구나무선
프라우엔 성당
두 번째 고향 찾은 나를
내려다본다 타버린
검버섯 피부

더위 먹은 뮌헨
이녁의 축 처진 젖가슴
혼미해진 나 누구인가
"뮌헨의 자유" 역에서
편두통조차 못 느끼는
길 잃은 철새

마리엔 광장에서
어슬렁거리는 고객들
옛날의 나의 친구
보이지 않고 부르카

걸친 여자들 까마귀 왜
얼굴을 감출까

갑자기 눈물 쏟는
푸른 하늘 텅 빈
시청 앞 보행자 구역
낮잠 자던 바위 하나가
뛰어가는 나의 얼굴에
침을 탁 뱉는다

# 영국 공원에서*

1.

태양이 그렇게 좋으니 아니타

오랜만에 가랑비 그치니 헉 중국 탑 근처에서 거추장스러운 셔츠 바지 브래지어 팬티 모조리 벗어젖히고 너의 알몸은 빛과 포옹하네

잠시 부끄러움에서 몰래 빠져나온 너의 그림자는 떡갈나무 뒤에서 몰래카메라로 놀라운 여름을 찍는 나의 그림자와 겹쳐진다 아이고 그림자만의 짝짓기 기막힌 합궁이로구나

아니타 태운 피부가 그렇게 좋으니

2.

아니 코끼리 다리 뚱보 할머니가

오솔길에서 비틀비틀 자전거 타고 가다니

그 모습 희한해서

뒤돌아보니 뒷모습은

수직으로 세워진 막대기 위에서

84

재롱떠는 동그라미 ^^

* 영국 공원: 뮌헨에 있는 공원의 이름. 공원 사이로 다뉴브강의 지
류인 이자강이 흐른다.

# 꿈속에서 만난 그 가수 빅토르 하라

내 생에 한 번도
만나 뵙지 못한
빅토르 하라*
밤이면 당신은
그림자 벗은 창살 사이
미끄러져 다가와
불안히 잠든 내게
속삭인다
깨어나라고

추위에 얼지 않는
당신의 혀
불현듯 찾아와
하루가 영원인 양
내 몸 핥는다
잘린 손가락
가는 바람에도
소름이 이는

내 가슴 파고들며

하찮은 몸
나를 찾아 와
빅토르 당신은
녹슨 기타
몰래 던져 준다
세상의 끝에서 부를
만남의 노래 위해
사람은 그냥
우주의 꽃이라며

* 빅토르 하라(Victor Jara): 칠레의 가수이자 시인. 피노체트의 공안
  당국은 그가 더 이상 노래를 부르지 못하도록 그의 손을 개머리판
  으로 찍어버렸다.

# 이미륵 씨와의 대화
1982년 그레펠핑에서*

"너 한국에서 왜 왔니?
차라리 농사나 짓지
굶주리는 불알 놈들이
몇 명이라야지."

비 멎은 가을 저녁
당신의 돌 만지며
새겨진 이름 더듬으며
귀담아듣고 있다
바람의 흐느낌을

"너, 왜 왔니? 왜
네 친구는 시방도
단식(斷食) 중인데
이곳까지 피해 왔니?"

까만 밤하늘 구멍으로
별빛이 쏟아지고 있다
한 세기가 멀어질수록
다시 아우르는 북녘 곰
남녘 곰의 움직임

"너 한국서 왜 왔니?
차라리 훈장질하지
못 배운 깨알 놈들이
몇 명이라야지."

* 그레펠핑: 뮌헨 주변의 작은 마을. 이곳에 이미륵(1899-1950)의
묘지가 있다.

# 뵈르트 호수*

사람들에게 잘 속는
그미는 이제 갓 태어난
아기 돌보다
오늘도 참새에게
빵 조각 던진다
아니 시간에 맞춰
그들 키우며
한 놈 한 년마다
이름 붙이고
그들과 대화한다

너무 흔하므로
새장에 갇히지 않고
자유의 의미를 잊어버린
참다운 새들이라며
너울가지 없이
젖몸살 난 그미
일상의 새장을 떠나

하늘과 호수 뒤집어
말똥말똥 바라본다
아기의 눈으로

* 뵈르트 호수: 바이에른 주의 남쪽에 있는 작은 호수이다. 휴양지로
  각광을 받는 지역이다.

# 12월의 빌레펠트

안개의 유혹으로 숲 사이를 방황하면
고향 소식 알려주는 상고대의 하얀 눈물
황혼은 붉은 뺨 스치며 휴식을 권하지

낙엽 스친 칼바람에 흔들리는 외투 자락
"미테"로 향하게 하는 허전함과 아쉬움*
일상에 지루한 행인들 초저녁에 모이지

럼주 한 잔 건네며 서로의 안부를 묻지
불콰한 술기운에 상대방을 위로하며
덕담은 건강과 사랑 돈에 관한 것이야

욕심 떨친 전나무들 지는 해에 손짓하고
어스름에 가지 흔들며 생존만을 알릴뿐
인간의 야망 가리는 우듬지에 퍼진 어둠

우리의 삶 어쩌면 기차 여행 같은 거야
소소한 행복들을 차창 뒤로 흘려보내고

지구를 반 바퀴 돌아 넌 무얼 찾고 있니

포장마차 촛불은 아기 탄생 축복하고
떠나간 여인의 향기 떠올리는 백인 친구
새해엔 팔 걷어붙이고 갈망 다시 찾겠지

* "미테"는 도시 빌레펠트의 한복판에 있는 구역이다. 저녁 무렵 이
곳 광장에서는 채소와 과일 그리고 럼주 등을 판매한다.

# 오디세우스 핍 쇼(Peep show)를 관람하다

놀고먹는 다른 세상
왔다 갔다 통정하는
별천지 불안한
욕망과 망각의 잠
그리고 여자 그리고

동전 한 닢 넣고
바라본 타부 드디어
나는 눈을 뜬다
과일들과 물침대
안개 낀 키르케의 강(江)

벌거벗은 난초
꽃잎을 바싹 들이대며
쳐다보는 별 하나
그미의 행적은 나의
왼쪽 눈에 반사된다

관능이여 부끄러운

윤리의 옷을 벗고
종심소욕(從心所欲)하라
하늘 구멍 바깥의
뒤집힌 세상에서

나는 그미가 되고
밖에서 손가락질하는
나의 옷 여기에는
흐트러진 체위 안온한
망각 남을 뿐

억압 없는 다른 세상
왔다 갔다 통정하는
별천지 그곳 떠나라
오디세우스 핑크 실루엣
홀린 눈을 떠라

# 청설모

"여자들은 늘 쫓기는 꿈을 꿉니다." (김혜순)


## 수컷인데도 늘 쫓기는 꿈을 꿉니다


꿈이었어요 저녁 거미가 내리자 버스를 타고 그미에게 향했습니다 도토리를 선물하고 싶었지요 버스는 그미가 사는 곳의 반대 방향으로 달렸습니다 어리둥절했지요 푸른 눈의 다람쥐들이 검붉은 내 얼굴을 노려보았어요 황급히 에버스베르크 버스 정류장에서 내려야 했습니다 거기서 지하철 노선을 읽었습니다* 기이한 외국어로 기술되어 있어서 숨이 턱 막혔습니다 다행히 "대학교 역"이 눈에 띄었지요** 아니 기말시험을 까마득히 잊고 돌아다니니 일순간 나 자신이 미워졌습니다 바닥에 떨어진 낙엽의 속삭임을 가을귀로 들었습니다. 어머니의 코맹맹이 음성이었지요 예야 마음 편하게 먹으렴 아 어머니 난 그렇게 할 수 없어요 낯설고 추운 땅에서 나는 검붉은 그림자가 되고 검붉은 그림자는 나로 변신하는 것 같아요 오늘따라 나 자신이 마치 끓는 솥에서 헤엄치는 물고기처럼 느껴집니다*** 그렇다고 해서 모든 꿈이 절망적인 것은 아니지요 사랑하는 그미의 겨드랑이 내음 그리고 페트리코 흙냄새에 취해 미소 짓곤 하니까요 기쁨은 오랜 아픔 사이에서 드물게 동태눈을 깜박거린다니까요 꿈속에서 사랑하는

　　그미와 풍선을 타고 하늘도 납니다

* 에버스베르크는 뮌헨에서 서쪽으로 33킬로미터 떨어진 곳에 위치하고 있다.
** "대학교"는 뮌헨의 지하철 U3, U6의 역 이름이다.
*** "부저유어(釜底遊魚):『후한서(後漢書)』86권 열전(列傳) 제46 장강전(張綱傳)을 참고하라.

# 곤잘로 라미레즈*

그대가 내게 선물한
남미 음악의 카세트에는
그대의 희망과 노여움
그대의 참을 수 없는
고독이 배여 있다

그 음악을 듣고 있으면
그대 숨겨 주었다고
단도에 찔린 친구
피가 배인 볼리비아의
진흙이 떠오른다

다시 돌아갈 수 없는
커피와 마리화나의 땅
허나 그대 아랑곳없이
투박한 인디언의
미소를 남기곤 했지

곤잘로 언제였던가
그대는 뮌헨에서 내게
에스파냐 글을 보여주었네
시방은 남의 식솔이 된
처자의 뒤엉킨 편지를

神과 혁명 그리고
사랑 노래한 그대의
詩들 하지만 유럽인들
횃불에 둘러앉아서
노래 부를 줄 모른다

서양의 꽃송이들 다만
그대의 남성을 사랑하고
순박한 여자바라기
그들의 차가운 가슴에
불 지필 줄 안다

그대 내게 선물한
남미 음악의 카세트에는
아무도 눈여겨보지 않는
칠백 마르크의 생활비
망명의 눈물이 담겨 있다

* 곤잘로 라미레스(1952-): 볼리비아 출신의 시인

# 취리히에서


유학이 싫다면서
출국하려는 나를 비웃고
농촌으로 돌아간 형아
우습게도 나는 이곳
알프스의 끝 간 데에 서서
가을장마 물꼬 터줄
당신의 쟁기를 떠올린다
까까머리들 가르치다
손에 묻은 분필가루 또한

막일이 무언지 모르는
사람다운 이곳 사람들
결코 거꾸로 돌지 않는
롤렉스시계를 수리하거나
침 발라 돈이나 세며
주말이면 호숫가에서
뱀처럼 마구 허물 벗으며
꼬물꼬물 생식기를

일광욕시킨다

새 소리에 익숙하여
그들의 귀는 듣지 못한다
타국에서 일어나는
피 맺힌 아우성을
국경 건너온 거액 탓일까
당신은 알고 계시리라
힘 앗긴 나라의 세금
안전한 이곳의 금고 속에서
먼지 묻은 눈물 흘리고

중립적인 이곳 사람들
가난을 쳐다보기 싫어
오래전에는 유대인들을
최근에는 쿠르드족을 쫓아내고
보이지 않는 힘 무섭다고
가끔 광장에 모여

뭐 그리 두렵고 답답한지
아름다운 호숫가에서
방위 훈련만 받을 뿐

유학이 싫다면서
출국하려는 나를 비웃고
농촌으로 돌아간 형아
우습게도 나는 이곳
알프스의 끝 간 곳에 서서
가을장마 물꼬 터줄
당신의 쟁기를 떠올린다
몽실 아이들 가르치다
손에 묻은 분필가루 또한

# 무지개 뒤에서 손짓하는 유로파

눈 감으면 그대는
내 뒤에 있고
눈 뜨면 위와 아래
그림자 없어

잠이 들면 그대는
내 곁에 눕고
깨어나면 내 앞엔
실루엣 섬망

어둠 속에 비치는
그대의 눈물
새벽에 먼 곳으로
떠나는 캡슐*

그대가 살아 있어
가슴 벅찬데
나는 여기 그림자

그댄 저편에

* "축제 없는 삶은 고향으로 돌아갈 수 없는 오랜 방랑이다." (데모크리토스)

# 단식 이후

안드레이 사하로프 당신은
고리키에서 단식 투쟁 끝에
딸이 자유를 얻게 되자
미소 지으며 다시
식사하기 시작했다

— 그것은 다만 섭생(攝生) —

얼마나 많은 지사들이 남몰래
그로 인해 죽어갔을까

사하로프 당신이 과거에
상당한 학자가 아니었더라면
세상이 당신의 소식을
찾을 길 없었더라면

그러면

# 포식 이후 1
## 사하로프의 말씀


엄살 부리지 마
수십여 년 전 미국의 할렘가(街)
헛되이 평등 외치며
아무도 거들떠보지 않는
시가 데모 벌이던

킹 목사 생각해 봐
그는 다만 작전상
감옥에 갇히기로 작심했지
일부러 그는
빵과 사과를 훔쳐 먹고

경찰에게 손 내밀었어
나 잡아 가두시오
절도죄 저지른
깜둥이입니다 하여
신문에 크게 보도되고

수많은 흑인의
관심을 끌었지
피고는 옥살이 원하고
검사는 그를 내보내려는
어처구니없는 재판이었어

재판장은 체면상
무죄로 방면할 수 없어
일금 백 달러의
벌금형 내렸겠다
재판장 한 푼 없소이다

죄지은 만큼 떳떳이
옥살이하겠습니다
재판장은 그를 노려본 뒤에
자기 주머니에서
일금 백 달러 꺼내어

서기에게 넘겨주고
그를 석방했다고 한다
사람들은 이처럼
유명해질 필요가 있다네
과연 항상 그러할까

4

# 포식 이후 2
## 해월(海月)*의 말씀


이름 석 자 남길

생각 저버리게

먹이 피라미드에서

하락하지 않으려고

애쓰지 말게

名士는 다만

이름 모를 사람들이

이루어 놓은 걸

전하는 대명사(代名詞)일 뿐

가급적 당대에서

조용히 살고

멸종 호랑이처럼

가죽만 남기게

쓸모 있도록


* 해월은 동학의 2대 교주 최시형의 호이다.

# 겨울 방랑자

신의 노여움으로
타들다 남은 숯
물 한 모금을 찾으려다
타들어간 당신의 얼굴
서릿발로 부르튼
당신의 하반신
이 땅의 외로움
발톱 사이 스며들어
붉게 물든 눈 속에
파묻히고 말았는가

그래도 당신은
의연히 비틀거리며
국경 지나쳤네
벼랑에서 뒤돌아보며
당신의 욕망을 미끼로 달고
던져본 낚싯대로
건져 올린 것이라곤

십 년 세월의 멍게
넘쳐흐르는 눈물로
냉정히 돌아선 채

외면해야 했었는가
허나 이대로
하직할 수는 없었네
언제 뜨거운 新生의 날
느닷없이 빛날 것인가
방랑 생활은 그냥
이 나라에서 저 나라로
발자국을 찍었고
더위를 지피려고
장작을 패던 당신은

여인숙의 담 벽에서
정신을 잃었네
"끈질기게 재촉하려 합니다,

결코 힘 잃지 않으려고."
아직 강건하려면
늙음을 겸허히 받아들이게
신의 노여움과 아직
실천되지 않은 꿈을
두터운 세계 지도에
저마다 견해들의 색을 칠하고

민요를 부르는 것도
이제는 노파심이라며
누더기 배낭 속에 가득
아쉬움을 담은 채
결별해야 했는가
다시 태어날 이 겨울
뜨거운 新生의 날에
한마디로 메아리친
안녕이라는 외침
어둠이 이 땅을

마구 눈 감기고 있을 때
어둠 속을 빠져 나올
찬란한 미래여
다시는 부르지 못할
숨겨진 노래에 담겼는가
그래도 당신은 숯
시대의 불쏘시개 밝힐
타인의 가슴에 불을 지필
사랑을 남길
바로 그 숯이었네

# 빠삐용에게*

　이제 아무도 기억하지 않소 누가 당신을 옥에 가둔 뒤 밖으로 내쫓았는지 아무도 모르오 두려운 듯 놈들은 끝까지 출국을 방해했지만 당신은 인디언 추장이 몇 푼에 팔아버린 맨해튼 밟게 되었소

　흔히 죽음이 목숨 다하는 순간이라 하나 어두운 망각 당신의 행적과 목소리 이름이 뇌리에서 사라진 상태일 뿐이오 반도에 남은 친구들 있으므로 당신 곁에 또바기 로시난테 그림자 자리할 거요

　이곳은 작은 갈망 하나 영글지 않는 좁쌀 나라 그곳은 루이 암스트롱의 낯선 미래의 쌀 나라 여기엔 자외선이 차단되나 너무 비좁고 거기에는 혼란스러운 인종들 총 겨누지 않고 살았으면 좋겠소

　부디 작전상 시민권을 따세요 당신 앞의 철조망을 뽑아버리고 지구 한 바퀴 돌기 바라오 그리하여 찾으세요 어디가 우리의 고향인지를 보호구역을 넓혀나가시오 총 든

야수들을 무장 해제시키면서

* 빠삐용: 프랭클린 셰프너 감독이 1973년에 만든 영화 제목이다.

# 엑스테른슈타이네 1*

유로파의 숲속에서
비긋는 나 날탕이지
기암절벽 구경하는 봄맞이 숲과 나무
대평원 불끈 솟은 힘
돌아보다 돌 되었지

눈감으면 그 장소는
미래의 나의 신방
꽃잠 동굴 한 요정 감실감실 안기는데
거인아 무얼 관음하다
이빨까지 뽑혔니

* 엑스테른슈타이네: 독일의 도시, 호른 바트 마인부르크에 있는 기
  이한 암석들을 가리킨다. 흔히 "까치의 바위(rupis picarum)"라고
  한다. 전설에 의하면 타이탄이 아름다운 요정을 바라보다가 실수
  로 인해 자신의 이빨을 땅에 박아놓았다고 한다.

## 엑스테른슈타이네 2

두남받고 싶어서 이곳으로 향했니

안녕 나는 이곳의 업구렁이 까치 요정이에요 여기서 오
랜 세월 당신을 기다려 왔어요 나의 오빠 거인은 여기에
이빨 네 개 박아두고 떠나갔어요 그건 츠렁바위가 아니라
당신과 함께 살아갈 거소랍니다 중앙 동굴에 거실 차리
고 원구 동굴에 신방 꾸려요 옆 동굴에서 당신의 아기 키
울게요 그러니 나와 함께 오래오래 살아요 내가 봉죽드는
동안 당신은 리라 켜면서 노래하세요 제발 떠난다는 말씀
만은 말아주세요 안녕 나는 이곳의 업구렁이 까치 요정이
에요

슬퍼라 언젠가 나는 흙먼지가 될 텐데

# 엑스테른슈타이네 3

"아침에는 네 발로, 대낮에는 두 발로,
저녁에는 세 발로 움직이는 피조물은
무언가?" 기암절벽은 행인에게 물었다*

"인간이야." 어릴 때는 네 발로 엉기고
자라서는 두 발로 늙어서는 지팡이로
걸으니 섶에 이끌려 좌충우돌 한평생

* 그리스 신화에 나오는 스핑크스의 비밀의 수수께끼를 가리킨다.
  스핑크스는 행인에게 질문을 던져서 대답하지 못하는 자들을 죽
  인 다음에 심연에 빠뜨렸다. 오이디푸스는 수수께끼를 풀어서 테
  베 사람들을 구원하였다.

# 숙은처녀치마

산기슭 폭포 몇 감는
처녀치마는 말한다
몰라요 좋은 삶이 무언지
그냥 기다릴 뿐이라고

지금 여기 네게
다가가는 내가 있잖니
자주색 꽃잎으로
떡벌은 퍼덕인다

햇빛에 머리 빗는
처녀치마는 말한다
몰라요 사랑이 무엇인지
그저 유추할 뿐이라고

지금 여기 너와
함께 하는 내가 있잖니
아지랑이가 고개 숙인
암술 어지럽힌다

# 갈매기 섬

건너편 적기에는
문둥이가 살았지
가만히 철썩이는 파도의 속살을
사부작사부작 만져보던 방파제
너울의 흰 거품 잠시
누님 살결 비추고

낮이면 자그만 섬
성게 잡던 아이들
주말엔 풍선 하염없이 연을 날리며
항해와 비행기 탄 출국을 꿈꾸었지
고갈 산 솔방울 따라
널뛰던 그 청설모

40년 후 돌아오니
매립되어 사라진
유년의 놀이터 삼층 바위 해안가
갈매기섬 하얀 똥 온데간데없고

기억의 팔레트에는
테트라포트 묻히고


두 아들 합격 소식
기뻐하던 아버지
학자금 마련에 속이 타는 듯 무능한
마음만 낚싯밥에 걸어 멀리 던졌지
꿈에서 가난의 밀물
파란 대문 덮치고


목새에서 담치 싸안던
보조개의 영숙이
지금 어디서 느루 검버섯 감출까
다시 찾아온 태종대 낯선 오솔길
내 친구 둔치 물결이
잿빛 기억 들추고

# 낯선 귀국

언제 여기 살았던가
비대한 도시의 갈증
과거의 아담했던
그때 그곳 생각하면
땅바닥에 머리 꽉 박고
통곡하고 싶구나

고목과 가로수
돈세탁으로 사라지고
모나게 열 지어 서서
나 이방인 불태우려고
아래로 째려보는
성냥곽 아파트들

소리 아이 울음소리
도부 치는 확성기 소리
먼지 덮인 일상 모두가
귀머거리 되었다

담 위의 유리 조각 피 묻은
흡혈귀의 이빨들

즐거운 행인들
낯선 외제 옷을 입고
나의 제자들 어느새
성인이 되었구나
지금 회계사로 일하거나
감옥에 있다 한다

은행 앞에서 줄지은
사람들 집을 사려고
아예 산 깎아 집 짓는다
증권 시장의 인해(人海)
밤새 눈물로 춤추는 여자
붉은 네온사인이다

과연 내가 언제

이곳에서 살았던가
우리의 고향은 낯선
기억의 거울 마음속에
묻은 과거의 나 다시
출항하려 한다

# 횔덜린 1

아무도 천재의 말에
귀 기울이지 않는다
제대로 사랑받지도
인정받지 못한 광인은
태어나지 않은 게
최상이라고 믿으며
장시간 벽만 바라본다

벽이라는 말은
참 아픈 말이다* 시인의
눈길은 다른 시간과
장소로 향하고 있다
곱게 미쳐 있다 누구를
그리워하는가 그는
아이들을 좋아한다**

* "벽이라는 말은/참 아픈 말이다" 조달곤의 시 「벽」에서 인용함
** 빌헬름 바이블링거의 『프리드리히 횔덜린의 삶, 작품과 광기』
    (1827/28)에서 인용함.

# 횔덜린 3

"그대는 복수하리라,
성스러운 자연이여" (횔덜린)

19세기 초 그는
탑 속에 숨어살며
중얼거렸다 그래도
이 세상보다 더
아름다운 곳 없다고
썩는 물질 병균을
더럽게 여긴 시대
가난과 폭정을
추악하게 여긴 세상
아름답지 않던
실제의 일면과
그냥 미화되기만 한
마음 사이의 차이
그리고 그의 광기

만약 그가 21세기에
다시 태어난다면
마구 통탄할까
이 세상보다 더
더러운 곳은 없다고
생명체와 썩는 물질
오히려 아름답고
아마 사랑으로 변모할
가난과 폭정의 시대
만약 그가 이곳에
흰옷 입은 아기로
자라나게 된다면
아름다움만 노래하며
다시 조용히 미쳐갈까

아니 부릅뜬 눈으로
예견하고 있으리
산성비와 오염에

동식물이 먼저 죽고
신의 실수로 빚은
끝없는 인간의 욕망은
빙산을 녹여
서서히 가라앉히는 걸
신생(新生)의 아름다움
인간들 중금속 목숨에서
더 이상 찾을 수 없다면
그는 자연에 사죄하리
이 세상보다 더
추악한 곳은 없다고

# 잠자리

이제 눈이 캄캄해지고 힘이
빠지는 걸 느껴요 조만간
하늘길이 열리면 훌훌 날아다닐게요 추위와
배고픔 그리고 외부의 험난함에 언제나
성을 감추고 살다가 내 어깨는
굽고 겹눈 대신 더듬이에
많이 의존했어요 며칠이 지나면 어깨에서
솟아날 날개 그 날개를 펼치면 정말로
나는 저세상의
어른이 될 수 있을까요

세상 저편에서 고통과
슬픔 없이 훌훌 날아다니는
꿈이 드디어 실현될까요 내가 잠들면 늙은
가죽부대 빼앗는 대신 내 영혼의
갈망을 관음하고 즐거워하세요 비록 내 몸은
사라지지만 다다 영혼의
후광만은 초짜드막 당신에게

머물게 될 테니까요 내가 떠나기 전에
당신 곁에서 꿀잠 잘 수 있도록
허락해 주세요

# 내가 지닌 것들
늦봄 문익환 선생님을 기리며


내가 지닌 것
단지 뜨거운 주먹일 뿐
손에 든 게
무얼까 하고 물을 때
지도책을 숨겨서 펼치는
주먹일 뿐

내가 지닌 것
단지 몇 개의 손금일 뿐
이 땅의 신음을
갈라진 주름으로 덮어
강과 산을 그린
손금일 뿐

내가 지닌 것
추위에 도사린 입김일 뿐
밥 한 그릇
물 한 모금의 헤아림

흰옷들의 믿음 속에서
연연해 내린
입김일 뿐

내가 지닌 것
쓰라리다 아문 흉터일 뿐
붉게 갈린 땅
모르고 저지른 죄를
알고 저지를 때까지
또 태어날 기운
흉터일 뿐

# 아린 아리랑

아리 아리랑 쓰리 쓰리랑 아라리가 났네
아리랑 한평생 쓰라리가 났네*

왕년엔 고명딸 꽃보다 예쁜
봉긋한 젖가슴 나의 벗님들
아린 아리랑 쓰린 쓰리랑 아라리가 났네
아리랑 열여섯 쓰라리가 났네

고샅길 봄 향기 흠뻑 젖었지
상일꾼 엄마 품에 안기곤 했지
앓은 아리랑 시린 쓰리랑 아라리가 났네
아리랑 큰아기 쓰라리가 났네

마을 잔치 누리고 귀가하다가
붙잡혀 만주까지 떠나야 했나
아리 아리랑 쓰리 쓰리랑 아라리가 났네
아리랑 스무 살 쓰라리가 났네

단발머리 흰 얼굴 나의 누부야
은장도 거머쥐고 거기 눕지 마
아린 아리랑 쓰린 쓰리랑 아라리가 났네
아리랑 꽃님이 쓰라리가 났네

여관서 슬그머니 잠이 드는데
마츠모도 다가와 옷을 벗겼네
앓은 아리랑 시린 쓰리랑 아라리가 났네
아리랑 멀리서 쓰라리가 났네

첫눈이 내린 날 실키고 만 꽃
아픈 몸 찢긴 마음 어찌 잊을까
아리 아리랑 쓰리 쓰리랑 아라리가 났네
아리랑 서른에 쓰라리가 났네

구겨진 저고리 치마 내 순정
붉은 피 홍건할 줄 알지 못했어**
아린 아리랑 쓰린 쓰리랑 아라리가 났네

아리랑 마흔에 쓰라리가 났네

서럽게 아리랑을 흥얼거리고
돌담 벽에 이름 하나 새겨놓았지
앓은 아리랑 시린 쓰리랑 아라리가 났네
아리랑 오십에 쓰라리가 났네

미안함 부끄러움 어찌 버릴까
죽고 싶다 내 꽃신 어디 감출까
아리 아리랑 쓰리 쓰리랑 아라리가 났네
아리랑 육십에 쓰라리가 났네

푸른 멍 가슴팍이 아리고 아려
비 오면 뼈마디도 욱신거리네
아린 아리랑 쓰린 쓰리랑 아라리가 났네
아리랑 늘으막 쓰라리가 났네

나눔의 집 냉한 문간방에서

잠시만 졸다가 떠나가겠지
앓은 아리랑 시린 쓰리랑 아라리가 났네
아리랑 팔십에 쓰라리가 났네


아리 아리랑 쓰리 쓰리랑 아라리가 났네
아리랑 한평생 쓰라리가 났네


* 여성에 대한 억압과 (성)폭력은 인류 역사의 가장 끔찍한 비극이
  다.
** 문창길의 시 「조선 처녀 옥주뎐 1, 2」에서 인용함

## 아우르기 5

함께 아우르기란
어려운 법이라고
땅덩어리 합쳐본들
좋은 법규 만들든
무슨 대수냐고
생각을 달리하는
너 그리고 나
서로 존중하는 게
아우름이 아니냐고
그분이 말했다
적과 동지가 서로
아우르기란

그것은 어쩌면
태극 마크일 거야
아우름이란 바로
이별 없는 만남
다가오는 죽음도

모조리 무시할 만한
신비로운 합일
흐르는 물 같은
끝없는 변화
나의 희생을 통한
그대와 우리의 살림
그 이상이라고

# 출항에서 입항까지

모딜리아니의 〈여자〉 멋진 목과
긴 다리를 좋아하던 미술 선생님
미술실 복도에 윤동주의 「소년」을
걸며 들려주던 말씀 "가을 하늘은
비행기에서 내려다 본 바다."라고
그래 푸르렀지 마음속 내 화폭은

오른쪽은 안개에 가려 있는 오륙도
왼쪽엔 정박 중인 외항선 몇 척
출렁이는 파도의 하얀 젖가슴 만지던
방파제 가운데에는 갈매기섬
해안의 삼층 바위 오 설레던 유년이여
닻은 흐릿한 기억 속으로 가라앉고

놀란 등 푸른 물고기의 살점에서
떨어져 나온 추억의 비늘 하나
그때 나는 기암절벽의 해안에서
수영을 배웠지 형은 겁먹은 나의 몸을

물속으로 밀치고 고래의 거대한
입으로 빨려간 요나 사지가 부들부들 저리는

물병 인공호흡으로 게워내던 나의
두려움 정말 고래의 배 내부는
어둠의 심연과 같았지 바다 없이는
상상할 수 없던 나의 꿈 나의 삶
죽을 때까지 선원이기를 맹세하던 그날 밤
처녀들은 가난으로 매미노래 부르고

뱃놈들은 만선을 위해 술독에 빠지고
선창에 열 지은 유암화명(柳暗花明)의 붉은 빛
술 취한 내 눈에는 그저 휘황찬란한
샹들리에 네덜란드 튤립 꽃으로 비쳤어
별장이나 보트에서 느긋하게 즐길
선남선녀의 달착지근한 저녁 식사

첫 번째 출항은 그렇듯 애송이에게

어설픈 두근거림과 포부 안겨주었지
그러구러 헤엄쳐 지나간 수많은 세월
다시 만난 항구는 변함이 없고
옛날의 어둠은 그대로 남아 있네
잔잔한 물결은 술 담배 멀리 했는데도

중년의 내 얼굴 마냥 일그러뜨리고
무감어수(無鑑於水)라 나는 정말 나인가*
회한과 그리움 분노 등은 깡그리
어구와 그물로 변해 태평양 심해 속으로
침잠하고 어느 섬세한 돌고래가 가끔
인간의 꿈을 꾸듯이 바다 위에서

그리워한 이승의 하늘 자락
과거의 나 그대는 정작 나를 아는가
티모르 딜리의 나무에 걸린 흔들침대에서
즐기던 낮잠 시간 왕모기와의 싸움
리우데자네이루의 질펀한 술집 골목

향료 냄새 몽롱한 마리화나 연기에

약혼녀로 착각되던 메스티소 혼혈여자
평생 함께 살자 하던 거짓된 약속
그건 다만 키르케의 망각이었지
그곳 아니면 마다가스카르의 안개 해안
야자 파파야 그리고 망고의 즙액
흙솥으로 구운 신묘한 상어 고기 맛

캐비아 그건 바다 잊으려 하는
멀미에서 깨어나려는 탐닉이었지
나의 낮꿈은 정어리 떼와 함께 헤엄치고
버섯구름 피어오르는 저승꽃 유로파
땅속의 숲이 지상의 숲을 태워버리고
동종 포식하는 흰곰이 절멸될 즈음

발견한 이타카 이곳은 과거의 고향
저곳은 체온이 상승하는 미래의 타향

바이킹의 전사여 항해를 자랑하지 말라
나의 바깥 생활은 그래 우국의 병사
그대에겐 청정 해역의 노닥거림 평생은
일순간 갇혀 있던 해적이 그것이었지

* 무감어수 감어인(無鑑於水 鑑於人): (묵자의 발언) 물이나 거울에 자
  신을 비추지 말고 다른 사람에게 자신을 비추어 보라.

# 한반도와 유로파, 이별 그리고 만남

거의 반세기 동안 시를 써 왔지만, 작품을 거의 발표하지 못했다. 젊은 시절에는 수없이 신춘문예에 낙방했고, 나이가 든 다음에는 학문에 몰입하면서 살아왔기 때문일까? 그동안 연구 논문이 필자의 든든한 아들이었다면, 시 작품은 그야말로 예쁘고 귀한 딸이었다. 체질적으로 근엄한 가부장과는 거리가 먼 에코 페미니스트라고 자부하지만, 어리석게도 언제나 아들만 세상에 내보내고, 딸을 서랍 속에 가두어 놓는 우를 범하고 말았다. 외국어 번역 시집을 해외에서 간행할까? 하고 생각했지만, 이 역시 부질없는 짓거리라고 판단되어 실행에 옮기지 못했다. 나의 딸들은 갑갑한 공간에서 얼마나 자주 서러움의 눈물을 흘렸을까? 뒤늦게 과년한 딸들에게 예쁜 드레스를 입혀서 처음으로 예식장에 들어선다. 하객들 가운데 누가 내 딸의 아름다움에 매혹될지 지금으로서는 가늠할 수 없다.

시집 『반도여 안녕 유로파』에는 나라 밖에서 서성거리는 자가 견지하는 두 가지 정서가 용해되어 있다. 첫 번째의 정서는 한반도에 대한 사랑과 관련된다. 나라를 떠나면, 나라에 대한 그리움은 자연스럽게 강화된다. 예컨대 외국에서 살아가는 한인들 가운데 애국심을 품지 않는 사람은 거의 없다. 어쩌면 고향에 대한 그리움은 우리 내면의 귀소본능에서 비롯하는지 모른다. 두 번째의 정서는 세계에 대한 객관적 시각을 가리킨다. 등하불명이라, 우리는 가까이 있는 것의 본질을 간파하기 어렵다. 국경 밖에서는 한반도의 여러 면모가 의외로 명징하게 인지된다. 고향에서 습관적으로 여러 이해관계에 얽히게 되면, 세상을 바라보는 시각이 흐트러진다. 이러한 이유에서 "예언자는 고향에 머물면 제 역할을 하지 못한다(Propheta non valet in patria sua)"는 속담이 태동하게 되었을까?

상기한 감정은 인간관계에서도 나타난다. 인간관계는 당김과 밀침이라는 물리 역학적 관계로 설명될 수 있을까? 당김이 그리움에서 비롯하는 열광적 반응이라면, 밀침은 지루함에서 유래하는 냉소적 반응이다. 멀어질수록 우리는 애호하는 사람들에게 가까이 다가가고 싶고, 가까이 다가갈수록 일상에서 접하는 사람들을 밀쳐 내고 싶어

한다. 가령 멀리서 인디언 사내가 피리를 불면, 인디언 처녀는 그리움의 눈물을 흘린다. 매일 함께 지내면 그리움의 감정 대신에 어처구니없게도 따분한 권태가 떠나지 않는다. 예컨대 자본주의 사회에서의 만남은 항상 애틋하지는 않다. 예컨대 고객과 상인 사이의 만남은 두 개의 당구공의 밀침으로 비유될 수 있다. 그것은 일회용의 부딪침 그 이상도 그 이하도 아니다. 어쨌든 그리움과 부담감은 사람과 사람 사이의 공간적 거리감 그리고 시간적 차이에서 크게 영향을 받는다. 이와 관련하여 시편들은 분산과 집약이라는 두 가지 정서로 설명될지 모르겠다.

역사의 방향은 두 가지 과정으로 설명될 수 있다. 그 하나는 역사의 중심부에서 출발하여, 가장 먼 곳으로 향하는 발전의 여정을 가리키며, 다른 하나는 역사의 중심부로 되돌아오는 귀환의 여정을 가리킨다. 이를 고려하면 인간의 모든 역사 또한 분산과 집약으로 설명될지 모른다. 철학자, 셸링은 호메로스의 『일리아스』를 외국으로 뻗어 나가는 발전으로, 『오디세이아』를 고향으로 되돌아오는 귀환으로 해석했다(Schelling, Friedrich wilhelm Joseph: Philosophie und Religion, Werke VI, S. 57). 트로이 전쟁이 아킬레우스를 외국으로 향한 모험과 방랑으로 인도했다면, 오디세우스는 전쟁 이후에 귀환하는 과정에서 온갖 희로

애락을 경험하지 않았는가? 이와 관련하여 필자의 작품 역시 두 가지 정서로 이해될 수 있을지 모른다. 그 하나가 다른 나라로 멀어지는 외로움의 원심력이라면, 다른 하나는 "귀환의 괴로움(nostos + algos)"으로 근접해 나가는 구심력이라고 말이다.

그렇다면 우리는 지금 여기서 무엇을 갈망하고, 무엇을 거부하며 살고 있는가? 한민족은 역사적으로 이별과 분단 그리고 추방의 삶을 영위해야 했다. 그렇기에 우리에게는 만남과 통일이 절실하고 애틋할 수밖에 없다. 통일이 되든 않든 간에 한인들이 간직해야 하는 "송아리얼"(함석헌)은 압록강과 두만강 아래에 오밀조밀 갇혀 있을 수는 없을 것이다. "우리의 소원은 통일"인 데 비하면 유럽 사람들은 대체로 여러 이유에서 분리 독립을 선호하는 것 같다. 가족 구성원의 정이 끈끈할수록, 결함과 통일의 열망이 강력할수록, 그 이면에는 배타적 선민의식이 솟구치는 법일까? 배타적 국수주의는 이를테면 오늘날 이스라엘인들에게서 발견되곤 한다. 수천 년 동안 피해자로 살아온 그들은 단기간에 다른 민족을 공격하는 가해자로 둔갑하지 않았는가? 어쨌든 우리는 분단을 극복하고 통일을 추진하되, 인종적 문화적 경제적 관점에서 출현하는 폐쇄적 민족주의를 수미일관 경계해 나가야 할 것이다.

유럽에서 약 10년의 세월을 버티면서 살았다. 돈과 시간을 아끼려고 일시 귀국도 하지 않았다. "혼자만 잘 먹고 잘 살려고"(윤노빈) 학위 취득에만 골몰했으므로, 이기적으로 처신했다. 한반도의 평화통일에 보탬이 되기는커녕, 마치 칼립소의 농간으로 "누런 돼지"로 변신한 오디세우스처럼 낯선 동굴에 칩거한 셈이다. 그래, 결코 소시민으로 살지 않으리라는 청춘의 언약을 지키지 못한 점 지금도 몹시 부끄럽게 생각한다. 시집을 외국에서 거주하는 필자의 지인들에게 바치고 싶다.

안산의 우거에서
필자 박설호 OTL